a mirada onde vivemos e outros poemas

luis alberto crespo

trad. guilherme gontijo flores

coordenação editorial
Sálvio Nienkötter
editor-executivo
Raul K. Souza
capa
Anderson Junqueira
editoração
Maria Luiza de Carvalho Rodrigues
revisor da tradução
Sergio Maciel
produção
Cristiane Nienkötter

Dados Internacionais de Catalogação na Publicação (CIP)
Angélica Ilacqua CRB-8/7057

Crespo, Luis Alberto
A mirada onde vivemos e outros poemas | Luis Alberto Crespo; traduçãp de Guilherme Gontijo Flores.

Curitiba: Kotter Editorial, 2019.
92 p.

ISBN 978-65-80103-42-3

1. Poesia venezuelana I. Título II. Flores, Guilherme Gontijo

CDD V861

19-1278

Kotter Editorial
Rua das Cerejeiras, 194
82700-510 | Curitiba/PR
+55 41 3585-5161
www.kotter.com.br | contato@kotter.com.br

1ª Edição
2019

a mirada onde vivemos e outros poemas

luis alberto crespo

trad. guilherme gontijo flores

KOTTER
EDITORIAL

ÍNDICE

Nota do tradutor

Luis Alberto Crespo nasceu em Carora, na Venezuela, em 1941, um espaço que permanecerá na sua poesia, mesmo depois de partir para estudar em Caracas (e posteriormente para Paris), como uma recordação e como um *locus* capaz de abarcar uma série de temas da sua poesia, como a figuração do sujeito em sua sobreposição com o passado e o presente, o movimento entre o urbano e o rural (e não necessariamente uma oposição) e a construção de imagens, que por vezes se poderia comparar ao projeto de Andrei Tarkóvski, onde uma pequena imagem do mundo deveria ser capaz de representá-lo em sua totalidade. É notável que houve uma preponderância maior desse espaço rural nos seus primeiros livros, como de *Si el verano es dilatado* (1968) até *Rayas de lagartija* (1974), como no seguinte poema:

A casa que devo fazer
para poder tocar a porta,
para poder dizer que já cheguei,
que já vim
A casa que devo inventar
quanto retorno,
todos os dias,
tem as manchas do gavião de lá
e os voos de urubu que levam meu nome
pelo céu duro do teto

(de Rayas de lagartija, 1974)

Depois sua figura poética começa a se esfacelar mais e mais, celanianamente, em versos breves, onde o espaço concreto passa a se dissolver; porém é interessante observar como, dentro dessa nova poética que começa a surgir nos anos 70, vários traços da vida em Corora permanecem como sedificação, tal como a imagem constante do cavalo, que é tema central do livro *Señores de la distancia* (1988).

> Te digo que meu cavalo é preto
> porque estamos sós
>
> Porque se ouve o passo
> o que dizem os passos para sempre
> e nos aguarda o que transfigura
> o areial
>
> Te digo que meu cavalo é preto
> porque já não me separo de mim quando o
> [abandono
> e o real não me devasta.
>
> *(de Señores de la distancia, 1988)*

Sobre esse movimento da sua poesia, diz Jenny González em seu pequeno livro sobre o poeta, publicado em 2010 como homenagem ao prêmio de Periodismo Cultural que Crespo recebeu em 1994:

> *Luis Alberto es realmente un personaje teatral, que experimenta en lo más profundo de su ser las situaciones más insólitas, las que vincula de manera casi inmediata con la cotidianidad del momento y la disyunta que se mezcla con la sonrisa y la exacerbación de la propria expresivedad.*

E essa figura teatral se desdobra ainda como editor da revista *Imagen*, tradutor, ensaísta, e documentarista. Uma figura que hoje, já como um poeta laureado (em tudo que essa expressão ainda pode conter de não-pejorativo) pelas suas dezenas de livros, foi diretor do *Papel Literario* do diário *El Nacional*, ocupou o cargo de presidente da Casa Nacional de las Letras Andrés Bello e de embaixador da Venezuela na Unesco, atualmente é presidente da Fundación Biblioteca Ayacucho.

Sua carreira tem início quando viaja para Caracas para estudar pintura, mas acaba largando o curso para fazer um bacharelado em Direito, que também abandona para se dedicar ao jornalismo, nos anos 60, pelo *El Nacional*, onde logo começa a trabalhar com crítica literária. É nesse clima, enquanto conhece algumas figuras da esquerda venezuelana, que lança seus primeiros livros de poesia, que tratam em geral daquele espaço rural, das vozes daquelas figuras regionais, das mulheres que invadiam sua imaginação e de uma névoa constante, tanto física quanto na memória que se perde. Depois, na década de 70, Crespo viajou também a estudos para Paris, onde recebeu uma grande influência da literatura francesa, sobretudo pelos textos de René Char, Engène Guillevic (dois poetas que ele próprio traduziu ao espanhol), além da poesia em alemão de Rainer Maria Rilke e Paul Celan.

É nesse novo clima que Crespo desenvolve cada vez mais uma poesia que poderíamos chamar de hierática pelo caráter sagrado que parece conferir ao mundo, mesmo em meio à dor, como nos espaços desérticos que vemos descritos em diversos poemas. Em boa parte da poesia, encontramos uma fusão entre vida e obra, uma espécie de iluminação poética desse estar-no-mundo, em relances de poemas breves. Nas palavras de Enrique Arenas:

> *El sitio, la duración, la estación, la calle, el camino, la imagen, la casa, está como en abismo, descolocadas como imagen fotográfica velada, colgadas. No en balde, los vocablos más usuales en la irrupción del discurso poético crespiano son: lado, orilla, torcido, curvo. La perspectiva de lo que está o vive en el borde, de inminente derrumbe o como para inclinarse de un lado, comunica un perfil ontológico lábil, inestable, fugaz, sin suelo.*

Uma escrita frágil e que anuncia o risco do silêncio, da perda, como num trecho do longo poema "Una escrita por todo sombra":

Se quero falar do que me é lugar em mim
A morada na mirada e na memória,
devo tocar uma luz crua, um ar duro
sentir a acácia, pensar a espinha, roçar o ocre,
ou olhar por ele.
Escrevo pra me calar. Pra me privar.

(de Lado, 1998)

Em poemas como os da plaquete *La mirada donde vivimos* (1991), a paronomásia já apresentada no título (entre morada e mirada, que mantive na tradução em português) expressa como no olhar (mirada) estaria uma morada do ser. No entanto, o jogo fica mais complexo quando percebemos que esse olhar não é a tradicional representação do olho como janela da alma (nada do cartesiano *cogito ergo sum*), mas uma representação de si mesmo lançada ao espelho, que retorna como interrogação (um estranhamento de si, *Unheimilich* freudiano?) e oferta de um lar. Nesse desencontro entre o olhar e o espelho, a morada ofertada é ao mesmo tempo um desterro para essa figura descentralizada que precisa encontrar na imagem do corpo uma imagem de si, que muda, envelhece e logo anuncia a morte.

Nos últimos anos, Crespo enveredou por uma vida pública profundamente ligada à presidência de Hugo Chávez e, posteriormente, a Nicolás Maduro, uma posição que hoje desconcerta muitos. Sem qualquer intuito de analisar em detalhe a questão, vejo que sua política hoje tem na esquerda uma continuidade do gesto poético e de uma vida que se desdobra ali onde já pode ser paradoxal. Se a poesia de Crespo até 2006 anuncia essa Venezuela, ou se anunciou um outro mundo que agora se desdobra numa crise internacional por demais complexa, isso será uma questão para o leitor: aqui apoio e desdobro a obra, que passa ao largo da política *stricto sensu*; não há espaço para uma discussão desse porte em mera nota.

Conheci a obra de Luis Alberto Crespo, há quase uma década, quando minha amiga e cunhada Nair Rúbia Baptista voltou da Venezuela com uma antologia de Laura Antillano e outra de Crespo, esta intitulada *El lugar del resplandor* (2007). Com o livro em mãos o traduzi, como num transe naquela época mesma, tentando agir na contracorrente das minhas práticas tradutórias, ou seja, deixando o texto espanhol agir no português de modo fácil, fluido, colado, como que apostando na irmandade das línguas, talvez sob o feitiço da poética de Crespo. Logo busquei contato com Crespo, que gentilmente me enviou sua poesia completa, e assim fiz uma espécie de meta-antologia usando a já existente como um marco das escolhas do autor e selecionando outros poemas que me cativaram mais. É bem o caso da *La mirada donde vivimos*, que acabei traduzindo por inteiro, por ver nela uma unidade que recusava a seleta.

Apesar de saber que a obra de Crespo já foi traduzida para diversas línguas, eu conheço apenas duas pequeninas traduções em português: 9 poemas por Antonio Miranda; e 3 por Thiago de Mello na sua antologia de poetas latino-americanos, *Poetas da América de canto castelhano*. Diante disso, como disse, num ato de delírio – quase uma *felix culpa* – parei tudo que poderia fazer pra ficar traduzindo compulsivamente essa poesia de matiz celaniano-ungaréttica e sabor campestre, arrebatado por uma obra que alcança, a meu ver, um reencantamento profundo e talvez trágico do mundo, onde encontrei uma formulação de beleza (palavra tão *demodé* da estética do último século) e de magia, de uma magia fragmentária, e não unívoca, da experiência, mesmo (ou sobretudo) nos momentos em que a linguagem parece fracassar.

Tentei fazer uma antologia com poemas de todos os livros, que pudesse expressar um pouco do movimento da sua poesia, que não foi em nada estanque ao longo dos últimos 40 anos, desde *Cosas* (1968) até *El país ausentei* (2006) . Sinto apenas que preciso acertar um ou outro pingo nos is. Em primeiro lugar, não existe uma tal língua, o espanhol: existem espanhóis, castelhanos, plurais como quiserem. Infelizmente, meu conhecimento dessa(s) língua(s) não inclui as sutilezas do venezuelano, e a poesia de Crespo amiúde faz um uso pesado desse vocabulário (sobretudo rural) por vezes muito específico; por isso, vez por outra tive de me contentar com uma tradução aproximada para algo de que eu não tinha lá grande certeza semanticamente; em segundo lugar, mesmo com a proximidade das línguas, aqui e ali preferi soluções que sugerissem mais aquilo que eu imaginava à época como "tom" e "poesia" do texto original pela única possibilidade de reinventá-los em "poesia" e "tom" do português. Ao mesmo tempo, para garantir essa recriação em português, também optei pelo hiperliteral, mesmo com os riscos que isso poderia implicar. Em resumo: errei, querendo ou não, por alguns lados, entre o equívoco e o desvio intencional; não tanto uma deriva, mas um passeio livre.

A mirada onde vivemos

¡Cuántas veces fue el afuera con su enormidad blanca!
¡Cuántas veces la murmurante, la parlanchina,
la del encuentro y la espera!
Y la olisqueó el viento
y la rozó hasta hacerla gemir en su ranura,
en su velo exasperado.
¡Cuántas veces estuvo allá arriba, en las constelaciones,
sin moverse de la tierra, mirándose en nosotros!
Y a veces se llamó el tiempo, el del este y el oeste
o el que nos borra al mediodía.
La ensimismada el chubasco,
la volvía sentimental la llovizna.
¡Cuántas veces fue como uno, ahora,
ahora que es sólo por dentro,
pura sepultura del fugor!

Quantas vezes foi o fora com sua enormidade branca!
Quantas vezes a murmurante, a falastrona,
a do encontro e da espera!
E farejou-a o vento,
e roçou nela até fazer com que gemesse em sua ranhura,
em seu véu exasperado.
Quantas vezes esteve lá pra cima, nas constelações,
sem sair da terra, mirando os nossos rostos!
E às vezes a invocou o tempo, o do leste e do oeste,
ou o que nos apaga ao meio-dia.
Ensimesmava-a o chuveiro,
tornava-a sentimental o chuvisco.
Quantas vezes foi como alguém, agora,
agora que é só por dentro,
pura sepultura do fulgor!

¡Cuánto tiempo estuvo muda
y ciega,
tras el velo, la mordaza,
sin poder siquiera holgarse en su vastedad de cielo!
Hasta que rasgaron su enlutaimento
y se escapó esa luz
que volaba y volaba...

Quanto tempo esteve muda
e cega
atrás do véu, da mordaça,
sem poder sequer sorrir em sua vastidão de céu!
Até que rasgaram o seu luto,
e escapou essa luz
que voava e voava...

¿Quién viene?
¿Quién es ya un adiós?
¿Cómo se llama esa brisa?
ese borde de alguién?
Hay un sentimiento allá afuera,
una interioridad desnuda.
Pero nada es persona,
aunque la cortina es como ella,
y el muro el amado.
No hay nadie.
"Sólo lo silencioso vigila".

Quem vem?
Quem já é um adeus?
Como se chama essa brisa?
essa beira de alguém?
Há um sentimento lá fora,
uma interioridade nua.
Mas nada é uma pessoa,
embora a cortina seja como ela,
e o muro o amado.
Não há ninguém.
"Só o silencioso vigia".

Deja el dolor,
no veas lo que te duele
tratando de ganar un arriba,
un éxtasis.
No te hieras más en la pared,
no te observes desde esa herida.
Irreverencia lo amargo,
sonríele,
y sé de este mundo.

Deixe a dor,
não olhe o que te dói
tentando ganhar uma ascensão,
um êxtase.
Não se fira mais na parede,
não se observe por essa ferida.
Irreverencie o amargo,
ria para ele
e seja deste mundo.

Yo soy quien no está.
Yo soy tú imaginándote
y habrás venido y amarás otra vez tu cautiverio
como si tu corazón no tuviera ya bastante
con esa orilla.

Eu sou quem não está.
Eu sou você se imaginado,
e você vai vir e amar outra vez teu cativeiro,
como se teu coração já não tivesse o bastante
com essa margem.

Eres nosostros.
Igual.
Dime si te pasa lo mismo,
si durar es descarnarse,
si olvidarse es una ascensión,
es espiritualizarse.
¿Me veo viéndote?
¿Te ves viéndome?
¿Quién de los dos es muro?
¿la ruina de ayer y mañana?

Você é nós.
Igual.
Me diz se contigo é a mesma coisa,
se durar é descarnar-se,
se esquecer-se é uma ascensão,
se é espiritualizar-se.
Eu me vejo ao te ver?
Você se vê ao me ver?
Quem de nós dois é muro?
a ruína de ontem e amanhã?

Me acuerdo del campo. Era un suspiro,
una gran vehemencia sobre la hierba.
Me he desgarrado para que quede en mi
como el sello.
Que el viento y el afuera
no vengan después con su olvido
a borrarlo todo.

Eu lembro do campo. Era um suspiro,
uma grande veemência sobre a grama.
Me desgarrei para que fique em mim
como o selo.
Que o vento e o fora
não venham depois, com seu esquecimento,
apagar tudo.

Yo fui mi infancia y mi única vez
y me tuteaba con los dioses
con lo invisible.
Me toqué toda y sentí lo que había sido:
polvo y tierra,
tierra roja,
endureciéndome, tapándome

Fui minha infância e a minha única vez
e era íntima dos deuses
e do invisível.
Toquei tudo e senti o que tinha sido:
pó e terra,
terra vermelha,
endurecendo-me, tapando-me.

De mi proprio barro, de mi saliva
Es tu recuerdo.
De mis manos es tu cuerpo,
De mi caricia con la que te invento.
Y digo con algo de viento y blancura
Cómo es mi deseo,
Como eres.

Do meu próprio barro, da minha saliva
é tua lembrança.
Das minhas mãos, teu corpo;
do meu carinho, com que te invento.
E digo com algo de vento e brancura
como é meu desejo,
como é você.

Los bordados de comienzos de luz
y de finales de tarde,
el tejido de bruma
y pespunte de flor
que hace y deshace la tiniebla
y desbarata el tiempo
ya no serán más nostalgia del efímero telar celeste.
Ahora el cielo todo es nuestro.

Os bordados de luz matinal
e de fim de tarde,
o tecido da névoa
e pesponto de flor
que faz e desfaz as trevas
e desbarata o tempo
já não serão mais nostalgia do efêmero tear celeste.
Agora o céu inteiro é nosso.

No me dejas ser
ni un vuelo
ni nada lejano.
Soy lo que no soy.
¿Por qué me niegas?
Hay tanto rostro tuyo en mi,
tanta crispación a punto de gritar.

Você não me deixa ser
nem um voo
nem nada distante.
Sou o que não sou.
Por que me negar?
Há tanto rosto teu em mim,
tanta crispação a ponto de gritar.

No quiero estar.
No quiero esa semejanza.
Soy la mentira de mí misma,
mi invención.
Ya no hay casa en mí,
ni tengo adentro.
Soy lo que tú has soñado
o su talismán.

Não quero estar.
Não quero essa semelhança.
Sou a mentira de mim mesma,
minha invenção.
Já não há casa em mim,
nem tenho um dentro.
Sou o que você sonhou
ou seu talismã.

Outros Poemas

EL MAL

Cuando se cansaba de la cocina,
de ese calorón,
viajaba en una camioneta vieja
y yo quería seguirla a esos lugares solos
donde había tenido su muchacho.
Peleaba con ella, le eché a perder la cebolla,
los tarturos de onoto y comino,
sin conseguir que me subiera;
Viajaba lejos en su butacón,
comiéndose las uñas.
No entendió cuando le dije:
"Ud. me hizo gato mochilero en el chinchorro, Carmen,
y hasta dejó que le hiciera como en el cine."
Se paraba. Hizo una sopa
que olía igual a ella.
No dejó que la viera más en el baño.
Yo era su querido
y se fue por detrás de la casa con un hombre.

(De *Si el verano es dilatado*, 1968)

O MAL

Quando se cansava da cozinha,
desse calorão,
viajava numa caminhonete velha,
e eu queria segui-la por esses lugares ermos
onde havia tido seu filho.
Pelejava com ela, fiz com que perdesse a cebola,
os maços de salsa e cominho,
sem conseguir que me notasse.
Viajava longe em sua poltrona
roendo as unhas.
Não entendeu quando lhe disse:
"Você fez de mim um gato mochileiro na rede, Carmen,
E até deixou que agisse como no cinema."
Parava de pé. Fez um sopa
que cheirava que nem ela.
Não me deixou mais vê-la no banho.
Eu era seu querido,
e saiu por trás da casa com um homem.

LAS CINCO

Nunca se acabará en nosotros
la tierra seca.
Cuando comiencen los rezos
será para morirse.
Todo termina en aquellos playones,
aquellas tierras largas, largas,
y eso que sopla,
que viene silbando por los postes,
y nosotros suspendidos en los declives
como vejigas.
Los portones,
tesoros de familia, no nos salvarán
de los arenales,
la tierra que pisas.
Por más que haya el verde de los fundos,
resistiendo,
la calle de agua,
seremos bandoleros
llevados por el menor paso del aire.

(De *Si el verano es dilatado*, 1968)

AS CINCO

Nunca se acabará em nós
a terra seca.
Quando as rezas começarem
será para morrer.
Tudo termina nos apartamentos,
aquelas terras largas, largas,
e isso que sopra,
que vem assobiando pelos postos,
e nós suspensos sobre os declives
feito bexigas.
Os portões,
tesouros de família, não nos salvarão
dos areais,
a terra em que pisas.
Por mais que haja o verde das fazendas,
resistindo,
a rua da água,
nós seremos bandidos
levados pelo menor fluxo do ar.

La casa que tengo que hacer
para ir a tocar la puerta,
para ir a decir que ya llegué,
que ya vine
La casa que tengo que inventar
cuando regrese,
todos los días,
tiene las manchas del gavilán de allá
y los vuelos de zamuro que llevan mi nombre
por el cielo duro del techo

(De *Rayas de lagartija*, 1974)

A casa que devo fazer
para poder tocar a porta,
para poder dizer que já cheguei,
que já vim
A casa que devo inventar
quanto retorno,
todos os dias,
tem as manchas do gavião de lá
e os voos de urubu que levam meu nome
pelo céu duro do teto

DECÍAS

Dime que me fui como te dije
para que no me vieran por dentro

Dime que fue así,
ahora que puedo oírte desde bien distante
que no supo nada por el mal tiempo,
los truenos

Lo que decía yéndome

Diles eso, que ya no vivo aquí
que me mudé unas casas más abajo.

(De *Costumbre de sequía*, 1976)

VOCÊ DIZIA

Diga-me que parti como te disse
para não me verem por dentro

Diga-me que foi assim,
agora que não posso ouvir de tão longe
que nada se soube por causa do mau tempo,
os trovões

o que dizia ao partir

diga-lhes isto, que já não vivo aqui
que me mudei pruma casa logo abaixo.

SALIDA

Empujamos el cuerpo
despidiéndonos

Decir adiós
como yerba

Esa costumbre de sequía

(De *Costumbre de sequía*, 1976)

SAÍDA

Empurramos o corpo
numa despedida

Dizer adeus
como relva

Esse costume da seca

Si hablo
no veo tierra

No estoy si miro

Cierro los ojos
Lo que se movía inmóvil en ellos
es verano

Si me hablo Si me miro
ese blanco

(De *Resolana*, 1980)

Se falo
Não vejo terra

Não estou se olho

Fecho os olhos
O que se movia imóvel neles
é verão

Se me falo Se me olho
esse branco

La ventana *que busco*
despacio para que aparezca

La nombro con los dedos
paso por sus hierros
recordándola
sin casa ya de noche

Te hablo de ella la abro
como si respirara todavía

(De *Resolana*, 1980)

A janela que busco
devagar pra que apareça

Nomeio-a com os dedos
passo por seus ferros
recordando-a
sem casa já de noite

Te falo dela e a abro
como se ainda respirasse

Afuera
Ninguna casa es para vivir

No hay otra pared
Que la grieta en el cuerpo

Lo borrado
Me quita la voz de la boca

Mi casa nunca se alza
Nunca es por dentro

Mi casa es la espina continua
Que me roza

(De *Entreabierto*, 1984)

Lá fora
Nenhuma casa serve pra viver

Não há outra parede
Fora a fenda no corpo

O apagado
Arranca a voz da minha boca

Minha casa nunca se alça
Nunca é por dentro

Minha casa é a espinha contínua
Que me roça

Y contemplo una tierra que se fue

Entre los dientes
el pasto que vuelve piedra la palavra
esa brizna que tirita
como si la suspiraran

Te comprendo ahora ruano pálido
Atravesar lo húmedo era errar a salvo
sin el ruido enorme de lo desprendido
lo que de nosotros yace en la huella
y asciende asciende

Ahora sé que no estar es una *revelación.*

(De *Señores de la distancia*, 1988)

E contemplo uma terra que se foi

Entre os dentes
o pasto que torna em pedra a palavra
essa fibra que treme
como se a suspirassem

Te compreendo agora ruão pálido
Atravessar o úmido era errar a salvo
sem o ruído enorme do desprendido
o que de nós jaz na pegada
e ascende ascende

Agora sei que não estar é uma revelação.

Soy el caballo
porque me piso
y sale tierra
y suena el ladrillo
en la frente

desde ninguna parte a ninguna parte
y abajo alguien gime

Porque volteo hacia mi lado más flaco
y el camino ha borrado hasta el latido

Soy el caballo
porque después
cuando tiemplo la rienda
la palabra sabe a mudez
a rojo en la boca.

(De *Señores de la distancia*, 1988)

Sou o cavalo
porque me piso
e sai terra
e soa o tijolo
pela frente

de parte alguma parte alguma
e embaixo alguém geme

Porque volteio pro meu lado mais fraco
e o caminho apagou até a batida

Sou o cavalo
porque depois
quanto tempero a rédea
a palavra tem sabor de mudez
de vermelho na boca

Te digo que mi caballo es negro
porque estamos solos

Porque se oye el paso
lo que dicen los pasos para siempre
y nos aguarda lo que transfigura
el arenal

Te digo que mi caballo es negro
porque ya no me separo de mí cuando lo abandono

y lo real no me devasta.

(De *Señores de la distancia*, 1988)

Te digo que meu cavalo é preto
porque estamos sós

Porque se ouve o passo
o que dizem os passos para sempre
e nos aguarda o que transfigura
o areial

Te digo que meu cavalo é preto
porque já não me separo de mim quando o abandono

e o real não me devasta.

VEINTUNO

Es mediodía
o nunca

O más allá
tras los párpados

También yo ofrezco la otra mejilla
a la tierra

y divulgo contigo nuestra herida

(De *Mediodía o nunca*, 1989)

VINTE E UM

É meio-dia
ou nunca

Ou mais além
por trás das pálpebras

Também eu ofereço a outra face
para a terra

e divulgo contigo nossa chaga

Te llamo pequeña grieta
para que nos usemos
juntos
en el desgarramiento

esa desnudez extrema

Así
lo que duele
mira solamente al sentimiento

Por eso te llamo muro lastimado

Por eso

por destino

(De *Sentimentales*, 1990)

Te chamo pequena fenda
para que nos usemos
juntos
na pungência

essa nudez extrema

Assim
o que dói
olha somente o sentimento

Por isso te chamo muro lastimado

Por isso

por destino

Mi perro sólo le ladraba a los ángeles

Se ha ido
detrás de algo remoto
algo que volaba

En su mirada nada era cuerpo
y la inmensidad se hallaba próxima y quieta

Ya no volverá
Ahora anda ausente por la casa
y a nosotros nos muestra los dientes el sueño
y nos desconoce la ternura

la peligrosa ternura

(De *Sentimentales*, 1990)

Meu cachorro só latia para os anjos

Se foi
atrás de algo remoto
algo que voava

Em seu olhar nada era corpo
e a imensidão se achava próxima e quieta

Já não voltará
Agora anda ausente pela casa
e a nós mostra os dentes o sonho
e nos desconhece a ternura

a perigosa ternura

Lo que decía
se me pierde en la subida

Estar es soledad pensada

Sin huella es pasar las curvas

Sin más es esta *piedra en la mano*
caída juntos

¿Comprendes?

Sin palabras es lo verdadero

(De *Sentimentales*, 1990)

O que dizia
se me perde na subida

Estar é solidão pensada

Sem rastro é passar as curvas

Sem mais é esta pedra na mão
caída juntos

Compreende?

Sem palavras é o verdadeiro

En el recuerdo se ve una seña
una raya que te cruza

Se nota su rastro
cuando respiras
cuando tocan a la puerta

Tiene forma de uña
de súplica.

(De *Más afuera*, 1993)

Na lembrança se vê um sinal
uma listra que te cruza

Se nota seu rastro
quando você respira
quando batem na porta

Tem a forma de uma unha
de súplica.

Comienzo a decir
pero me pesa
me usa

Trato de escribir
y viene y me duele
o es como si me empujara
o es aquello que se tensa conmigo

Entonces
estoy perdido.

(De *Más afuera*, 1993)

Começo a dizer
porém me pesa
me usa

Trato de escrever
e vem e me dói
ou é como se me empurrasse
ou é aquilo que se estende comigo

Então
estou perdido.

7

A Lucien Blaga

La tierra me llegó a la boca

Yo toqué su nombre
con mis manos
sobre los labios
Me aprendó de memoria su abismo
Tenía sabor a nadie
y supe por qué el espíritu es el polvo.

(De *Duro*, 1995)

7

A Lucien Blaga

A terra me chegou à boca

Eu toquei o seu nome
com as mão
sobre os lábios
Aprendi de cor o seu abismo
Tinha um gosto de ninguém
e soube por que o espírito é o pó.

46

El olvido
no deja que amanezca

La culpa
es su compinche

Ambos te empujan
si te quedas dormido

Aún hay mucho por hacer

Pero
¿por qué a esta hora?

¿Y por qué
tiene que ser tan tarde?

(De *Duro*, 1995)

46

O esquecimento
não deixa amanhecer

A culpa
é sua comparsa

Ambos te empurram
se começa a dormir

Ainda há muito por fazer

Mas
por que agora?

E por que
tem que ser tão tarde?

Un principio
de azulejo
un efímero
irreal
es este vuelo que canta

y yo me asomo
enterrado vivo
a la ventana

Tal mujer eres
sendero

(De *Solamente*, 1996)

Um princípio
de azulejo
um efêmero
irreal
é este voo que canta

e eu me debruço
enterrado vivo
sobre a janela

Tal mulher você
vereda

EN PUNTO

Hay agua para los dos
y sed para mí solo.
Hay una cama donde somos nadie en el sueño
y otra donde somos muchos en el deseo,
una tierra boca arriba que nos desnuda
y otra boca abajo que nos olvida.

Hay finalmente una sombra que nos ilumina
y una luz que nos desaparece.

(De *Lado,* 1998)

EM PONTO

Há água para os dois
e sede só pra mim.
Há uma cama onde ninguém somos no sonho
e outra onde somos muitos no desejo,
uma terra boca acima que nos desnuda
e outra boca abaixo que nos esquece.

Há finalmente uma sombra que nos ilumina
e uma luz que nos desaparece.

Ramo de acacia

Me he ido porque quise pertenecerme
Ahora vengo de lo que fui
duro y mudo

Acéptame
para que tenga de qué asirme

He andado en la estrechez de ser otro

Déjame sonando
eso me basta

(De *La íntima desmesura*, 2003)

Ramo de acácia

Fui embora porque quis me pertencer
Agora venho do que fui
duro e mudo

Aceite-me
pra eu ter onde me agarrar

Andei na estreiteza de ser outro

Deixe-me soar
isso me basta.

Calma

Cuando encedimos la luz
nos habíamos ido

Atrás quedó lo que oscurecimos
en otra noche
otro amanecer

Abrimos los ojos
el espíritu escuchaba nuestra respiración
el sueño sin nosotros.

(De *La íntima desmesura*, 2003)

Calma

Quando acendemos a luz
nós já tínhamos partido

Pra trás ficou o que escurecemos
em outra noite
outro amanhecer

Abrimos os olhos
o espírito escutava nossa respiração
o sonho sem nós.

(Emily)

Voy a encontrarme con la oscuridad
a hablar com ella

Debo confersárselo a la hendidura
a lo raído habitual

Iré a decírselo al cuerpo
dónde estoy
por qué no soy uno

La profundidad tiene que saberlo

(De *La tórtola de más arriba*, 2005)

(Emily)

Vou encontrar a escuridão
falar com ela

Devo confessar à fenda
ao puído habitual

Irei dizer ao corpo
onde estou
porque não sou uno

A profundidade tem que saber

Nunca se acabará en nosotros la tierra seca

Oigo una canción como um lirio cortado

La tórtola abandona la sombra de su lloro
Hace un nido en la memoria

Tú eres su elegido porque no te despiertas

Luego la canción se calla
todavía se calla

Ten cuidado.

(De *La tórtola de más arriba*, 2005)

Nunca se acabará em nós a terra seca

Ouço uma canção como um lírio cortado

A pomba abandona a sombra do seu choro
Faz um ninho na memória

Você é seu eleito porque não desperta

Logo a canção se cala
ainda se cala

Tenha cuidado.

KOTTER
EDITORIAL

Impresso em papel pólen 80gm/2 no inverno de 2019
tipologia Adobe Garamond Pro 13/18